JN124044

原田俊一歌集

あけぼの杉

短歌研究社

序にかえて　自己紹介

生まれは宮崎県えびの市（旧薩摩藩）である。えびの市は南側に霧島連山を仰ぎ、北側は九州山脈に囲まれた盆地である。幼い時より山の彼方に憧れ、高校生になってしばしば霧島連山の主峰韓国岳（標高一七〇〇ｍ）や雲に聳える高千穂の峰に登った。えびの高原では、原生林の霧島アカマツの枝に響る霧風の音におののき、野営のテントの窓から手に届くほどの満天の星の崇高な輝きに「宇宙への畏敬の念」を育むなど貴重な体験をした。

望郷の歌

望郷とは幼く登りし霧島の松ヶ枝響《な》らす霧風の音

私は昭和七年に生まれた。五・一五事件が起きた年であり、我が国は不況と不安の最中であった。やがて支那事変そして第二次世界大戦（太平洋戦争）と戦乱の時代を子供ながらに窮屈に生きてきた。例えば、小学生でも、出征家族の農作業の手伝いに駆り出された。運動場はサツマイモの畑に変貌していった。自家の農作業の手伝いをし、遊び道具はすべて手製の竹馬や水鉄砲等であった。節約の心がけは幼くして「耐える心」を育んだ。

勉強はせず仲間同士の遊びに熱中し、成績評価は悪く「乙もしくは丙」のみで、小学校修了時に渡された六年間の一綴りの通信簿（成績表）は、幼いなりに劣等生の過去を清算しようと、涙ながらに春の小川に破って流した。この辛い想い出が私の原風景である。

劣等生の歌

芹の花白き小川へ劣等の通信簿を流しし日あり

あけぼの杉　目次

「あけぼの杉」の章

「大銀杏」の章

カバー写真　著者撮影
（岩国市吉香公園のあけぼの杉）
本文用紙　b7トラネクスト 83g/m²
（日本製紙岩国工場製造）

あけぼの杉

「梅」の章

初春の歌

卵紅の色に島影浮かべつつ初日は昇る周防の灘に

ほのぼのと額を温め渉り来る初日を拝む錦帯橋に

慎ましく齢重ねん初春の錦川辺に若芹を摘む

ながらえて卒寿迎える賀を期して歌集上梓を
うから促す

錦川の清らな流れを容れながら初潮めざす宮
島の浦

のびやかな錦帯橋の弧に沿いて幸の兆しか初
虹架かる

早春の歌

吉川家ゆかりの古刹に春巡り臥竜の梅は低く
薫りぬ

寒緩む噴水しぶきを浴びせられ銀杏大樹は春に目覚める

妻描く墨絵の椿に紅点りやおら勧める「午後の紅茶」を

緑濃きブロッコリーの千粒の霜の光も励まし
とする

母偲びははその山にこだま呼ぶ深谷渡る風に
託して

ブナ山に雪は濯がれ清らかな雪霊水を両手も
て汲む

春告げる花

清流線こもれび号に訪ねゆく節分草が春を呼ぶ里

錦川河幅ほどの空がある行波《ゆかば》の峡を逆のぼりゆく

日溜まりに節分草はひくく咲き春の訪れうぶに囁く

白妙の節分草へ膝を寄せ短き生の呟きを聞く

風吹けば土に触れなん花びらの低きに咲けり
節分草は

安芸石見周防境の寂地山秘するがに咲くかたくりの花

残雪のブナ山に咲くかたくりの花へ接写の腹這いをする

下向きに楚々と咲きいるかたくりの花と語らん土の温もり

うつむきて礼なせるがに花ゆらすかたくりの花添いて愛しむ

樹《じゅ》幹《かん》流《りゅう》はブナの根方にぽっかりと雪洞うが
ち春を呼び込む

春の雨足

春告鳥の初音を聞かな木漏れ日の小径を急ぐ
萬徳院まで

やぶ椿寒に耐えつつ春告鳥へ蜜の盃あまた供える

ユリカモメ連帆の橋の欄干に素足を赤くさらし居並ぶ

引き潮に緑の川洲生れきて縄張競うカモメ・白鷺

河口にて潮と交わる錦川青く清らな瀬頭立てる

如月の流れ浅きを遡る透きてひそかな素魚《しろうお》の
群れ

忙中に閑を探して濠の面に麩を撒き遊ぶ渡り
鳥等と

まばたきの如き水輪をたてながら川下り来る
春の雨足

おそき団欒

如月の雪流溝に瀬音たち道の底より春が聞こえる

水仙の花群分けて帰りたる猫の「ゆらら」が
告げる春の香

旭川に住む旧友へ清見とう蜜柑を送るご無沙
汰を謝し

オホーツクの海産返礼大ホタテ甘くとろけて
心を満たす

段丘に腰を降ろせば待ってたと流木一本伝言
あるがに

秘の寺に初めて会いたる緋の椿友探すがに図
鑑をめくる

ながらえて妻を看取ると約束す節分の夜のお
そき団欒

うら若き憂いの眼差しとこしえに阿修羅の像
は何を思惟《おも》わる

愛宕町

愛宕山開発されて新しく愛宕町あり海を眺めて

我々の署名に成れる愛宕町スポーツ・ゾーン
に歓声あがる

絆球場に集う五千の観客の歓声広がる青い空
へと

新道の街路樹たちはいち早く芽吹き爽やか町を彩る

ぺこぺこに踏まれ動けぬアルミ缶納めてあげる丸口BOX

リハビリの妻の歩調に合わせゆく完成したる
愛宕散歩路

繁栄を祈る表示か冴え光りオリオン傾く愛宕
町へと

入院し平成時代顧みる療養センター夕映えの
部屋

ふるさとの歌 I

夏雲は広目天に踏ん張りて雄々しく迎える帰
郷の吾を

嘴にふふむ泥もて巣作りの燕《つばくろ》せわし厩のひさしに

紙魚《しみ》払い古き棚より繙くは『造林教科書』みどりの傍線

西郷《せご》どんも湯浴みせし露天の湯に浸り楓みどりの風に吹かれる

肉《しし》既に土に帰れる亡骸は鹿と見定め山を分けゆく

こよなくも兄の愛でたる晩酌《だいやめ》の薩摩白波を墓に注ぎぬ

母と共に牛蒡を背負い市場へと行きし夕べの道細くあり

灰汁《あく》粽《まき》は若夏の味母の味えびの盆地の苗代の味

鎌研ぎをやさしく教えし篤農の父が顕ちたり茜さす田に

特攻兵「さらばの翼」を振りながら南へ去りし空を忘れず

安曇野の春

朝霧は穂高めざして登り行き端午一日の晴を
兆せり

アルプスはまだらな雪を岩襞にまとい皐月の
空に連なる

上高地のモミ原生林に分け入りて延齢草のム
ラサキに逢う

焼岳の噴火が生みし湖にカラマツ立てりまぼろしのごと

峡深く移り住みたる人はあり安曇は安住まほろばの里

安曇野は白きスモモの花祭り今宵は酌まな杏の酒を

真白なる苞のあまたを水芭蕉かかげ迎える安曇野の春

安曇野に雪解け水は張られ来て勢い増しぬ水
芭蕉の白

原野にも風道《かざみち》在るらし牧柵を掠群くぐり峡へ
下りぬ

慎ましき安曇の暮らしを釣りている自在は煤
に黒光りして

アラスカの旅

黒潮の長途の果ての潮《うしお》かと両手を浸すアラスカの岸

黒百合のブーケは香りアラスカの歓迎受ける
日差し淡きに

州花なるわすれな草を賜りぬ白夜にいそしむ
栞作りに

沿岸に浸しし樅に産まれたる葉つき数の子潮
香漂う

鮭のぼる川辺に残る樹帯あり魚付林とみやび
に呼ばれ

黒潮の源《もと》の一つかランゲル湾氷河の氷塊あまた湛える

梅ヶ枝に

梅ヶ枝に咲かす輪切りの小蜜柑をメジロ啄ば
む明けのしじまに

「みやまれんげ」の章

無花果

無花果の如き齢を重ね来て旭日きららな章を
賜る

ゆるき歩に皇居の庭をあゆみゆく何処の波の
磨りし玉砂利

一輪の花もあらざり凜明な部屋に帝の拝謁を
待つ

透き通る御声の励まし賜りぬ豊旗雲のなびく
広間に

簡素こそそらみつ大和の文化かと心満ちたり
皇居広間に

大銀杏は冬枝張りて空へ向く役を果たせる清しき姿に

天にいる父母に伝えん栄《えい》ひとつ星白鳥の翼に託して

明けの灘渡り光は及び来るわれの誉を淡く
寿ぎ

森の営み

峡深く訪ね泉の丸き輪に水生む森の営みを
知る

清らかな泉に生れし赤トンボいずこの里の小焼け訪ねる

丸き輪に水は生れいる水源の底に清らな小砂の乱舞

地下広く水脈ありやせいせいと清水生れいる
泉の神秘

雪解《ゆきげ》水を清ら湛える水源を白く縁どるミヤマ
カタバミ

高津川ここに始まる泉水は清らに溢れ間口の溝へと

うから等と泉を訪ね出会いたる三毛は即決一員となる

ミズナラの森を透き来る郭公の声に澄みゆく
泉訪ねて

北の旅

啄木の墓前に供える秋の陽のほんのり温き一握の砂

日高颪に吹かれるポプラは仔馬等の背なへ頻りに絮毛を降らす

春浅き富良野に低く生え並ぶ紫蘇科ラベンダー未だ香らず

水無月の原生花園幾万の黄菅を咲かせ岬へ連なる

先人の渡航の標の函館山かすめて低く雲は流れる

ナナカマド朱実を点す基坂の道路元標ひくく
導く

雲払い空衝く駒に聳え立つ火山を仰ぐ大沼湖
畔に

突然に畑はもりもり盛り上がり神秘を表す昭和新山

開拓の辛苦を秘める「言問いの松」は直ぐ立つサロベツ原野

最北の宗谷岬に霧深し沖響《な》る霧笛が船を教える

半足草鞋

吟行はさざなみ号なる鵜飼船即興詠み合い宵
川遊ぶ

マッチ擦り提灯点し凪明けの風を誘う鵜飼の
舟へ
燃え照らす松の割り木の篝火は若鵜みちびく
川の底まで

鵜篝に映し出されて錦帯橋木組みの端整しかと現す

船舷を叩き励ます吾に向き若鮎は寄る潤む瞼に

七羽の鵜手繰る鵜匠の足元を確と支える半足草鞋

務め終え長幼序列に並ぶ鵜をやさしく見舞う蒼き月光

鵜飼とう宴は終わり篝消えただ漆黒の川は流れる

錦帯橋の歌

架け替えの錦帯橋材検査するヒノキ香滲む汗
を拭きつつ

木曾谷の「寝覚ノ床」を夜半訪ね独り仰げり
北斗七星

初春の空へ掛矢の音響き白木の虹橋仕組まれ
てゆく

橋の弧は四寸高めに仕組まれる経年沈下は勘
に測られ

黙々と橋を組みゆく匠等がときおり交す目線
の対話

二万箇の部材に成れる錦帯橋そしらぬ振りに
人を通わす

弧を描く木曾檜《ひ》の欄干手にさすり渡れば薫る
遠き山の香

反り低き木組みの橋はせせらぎも添えてゆっくり人を通わす

温みたる錦川面に映る影木組みの反り橋ゆらり人ゆく

大棟木嵌め込む匠の槌音はカーンと響く天守
の森へ

短歌教室

峡またぐ幟の鯉を横に見て吊り橋ゆらら小学校へ

茎長くアガパンサスは紫に長脛彦の生徒迎える

笑顔良き担任教師とクールビズの襟を開きて挨拶交す

校廊の矯正鏡に背を正しめざすは五年プラタナス組

若夏の短歌教室児童等はプール上がりの潤いに待つ

ポプラ樹と芝生の緑詠みこまれ児童の短歌は
すでに若夏

柔らかな耳六十を南風《はえ》は撫で詠作はかどる短
歌教室

詠まれたる歌の板書はたちまちに黒板埋めて
恋交差点

天尾《てんのお》の学校訪えば鶯はヨーキテクレタと鳴い
て迎える

握手して彼女の体温伝わるを「上書きされた」とうぶな告白

トマトを卓盛る凡常

ありがたや米寿を迎え歌詠みの種《くさ》を求めて
『万葉』めくる

津波にて防潮林は潰えたり松風しのぶみちのくの里

宮城野の野風に吹かれ漂泊の芭蕉を偲ぶ独り旅寝に

永らえてあれば定めか兄吾が弟弔う令和初月

防潮林潰えたる傍の斎場に吾《わ》弟《おと》拾いぬ風低く
吹く

弔事とは言え骨壺と宅配の荷札に記す五指を
ふるわせ

父母の元へ弟眠らせてふかく息吸うふるさと
の丘

大槐《えんじゅ》の萌黄の花びらわが頭そして胸へと浄め
降り来る

仏《ぶっ》法《ぽう》僧《そう》お経読むがに声降ろす鎮守の森の杉の
梢《うれ》より

畑採りのトマトを卓盛る凡常にやすらぎ思う
朝光の中

風の翼に

まばらなる白樺林に若夏の木漏れ日そそぎ石楠花の咲く

這マツの林相尽きて荒あらし火山の礫を踏み
しめ登る

天に向きジグザグ連なる登山路を蟻一匹の眼
に仰ぐ

汗滲む疲れのままに仮寝して富士八合目を四
時に出発

常ならば仰ぐ北斗を横に見て四つん這いする
岩場に挑み

高嶺に夜半の月光冴えわたり空行く雲を金に
縁どる

ほのぼのと温もりそえる来光へ両手を合わす
無垢の心地に

山頂にはろばろ見下ろす味爽の裾野を鎮め広がる雲海

味噌汁は椀五百円山頂に啜りじんわり五体温める

竹トンボすらり放てば御鉢へと風の翼に乗りて往きたり

栄えある歌

テロ睨むヘリのバッタの羽音するトバトバト
バン岩国の空

りとむ十周年記念歌会入選

丸卓にみやまれんげを薫らせて夏へゆっくり
歳時記めくる

りとむ二十周年記念歌会入選

「あけぼの杉」の章

あけぼの杉

平成二十四年一月宮中歌会始の儀を陪聴して。

宮殿へ歩を進めれば壁面に静かに満ちる「朝明けの潮」

鳳凰は翼を開く正殿の屋根より青き空へ飛ばんと

待合の春秋の間に眼を閉じる障子を透ける朝光の中

松の間へ回廊わたる絨毯の四十間をふかぶか
と踏み

金菊の御紋を装う黒椅子に歌会始の始まるを
待つ

松の間の床のケヤキは千年を素直に伸びし三
尺の柾

日原の木場に認めしケヤキかも床の木目に生
い立ち探る

見えねどもきっと居るはず宮殿にわが故郷の
霧島アカマツ

読師らに声朗々と講じらる五七の韻は松の間
に満つ

平明な言の葉に乗せ新鮮な気付き詠まれる歌
に肯く

人を待つ心に季《とき》の定めなく「御歌」は祈りの
岸へ誘う

津波来し岸と青海の「大御歌」思惟の深きを
畏みて聴く

おごそかな古式の間合い順々に歌は天へと奉
ぜられたり

葉を振るい明るき錐に空へ向くあけぼの杉を
遠景に見て

ま直ぐなるあけぼの杉に復興をかさね詠まれ
し昭和天皇

白洲なる広き園生を東西に統べて控える梅の
二もと

梅ヶ枝の蕾はややも膨らみぬ正殿中庭寒の
光に

寒晴れへ高く枝張る老松の風に送られ坂下門
まで
清明な気のゆきわたる空間に時を過ごしぬ無
垢な心に

例年の「御題」は光・葉・岸と平成の代に親しく続く

済南曠野

二〇〇二年十一月、山東省を訪れた折の歌。
その後の約二十年間の急激な発展に驚かされる。

飛ぶ鳥の影さえ見えずじんじんと済南曠野を
夕陽は焦がす

日の沈む済南曠野を煉瓦積む馬車の隊列のろのろ進む

輪切り薯副食なりや干天の続く曠野に広く乾される

五百体の「壽」の文字記す幕かかげ歓迎示す
済南会堂

孔孟も歩みし路か石畳面なめらかな斉の古都
路は

春秋時代首都の淄《し》博《はく》はいま目指す工業都市の大きな看板

ふるさとの歌Ⅱ

新幹線さくら号にて八代《やつちょろ》へこれより山越え
おいどんの里

松ヶ枝に郁子を採りたる山を過ぎ高速バスは
ふるさとに向く

ふるさとの魁夷の「道」は色褪せてなおも轍
の凹を表す

わが厄に父がよこしし黄エビネは背筋をただし花を掲げる

夕茜浴びつつ父は鎌を研ぐ「秋の夕焼け晴を兆す」と

啄木の「停車場」教えし父偲ぶふるさと真幸《まさき》の駅の木舎に

難儀する母を手伝い少年は朝の掃除とご飯を炊けり

霧島の主峰が抱く火口へと崖の峻険下りし日のあり

ゆっくりと心濯げと高千穂の高嶺は降ろす皐月霧風

殻を脱ぎ光の空に発つ間合い蟬はうかがう産《うぶ》
羽《は》矯めつつ

うから等の歌

わが胸になじみて寝入る児の顔に花温もりの
風光るなり

シーソーに孫の四人を相手して平衡保つ明け
の公園

軽井沢のカラマツ林を散歩する幼に示すあれ
が浅間と

青少年自然の家の夕闇に幼四人と仰ぐオリオン

熟れぐあい確め西瓜をぽこぽこと幼と叩く露の畑に

ブランコに揺れる四人は各々のメトロノーム
の風となりゆく

未知探るはやぶさ号に魅せられて理系女《リケジョ》を目
指す瞳爽やか

うから等を見付け浮雲湧き来たり春はたけなわ小諸城址に

牧柵に跨り遊ぶ幼等を安曇の春陽やさしくつつむ

時計台昇り文字盤透きてくる早稲田の光に夢
ふくらます

出雲今昔

伊邪那美の眠る比婆山たおやかに白妙の雲淡くまとえり

捜神の路をたどれば柚子の実は萌黄に透きて
鳥髪は秋

笹分けて採りたる春蘭鉢に植え開花を待てり
今日は立春

国引きの柱となりし三瓶山搾乳を終え牛は寝そべる

燭ともし五百羅漢に父捜す齢は既に十も越えたり

二千年の眠りを解かれ発掘の銅鐸鳴らす出雲
平野へ

出土せる銅剣あまたの謎解けず弥生の風吹く
荒神谷に

発掘の銅剣きっと神の数「三五八柱」の不戦
の誓い
惣右衛門築く天井川の堤防は出雲平野を広く
潤す

神在りの出雲大社を一巡り二礼四拍手安穏
祈る

宮島の歌

威勢よく白波起てて潮寄せる姫三神を祀る
宮島

宮島の『平家納経』相まみえ「空」の一文字
裡に納める

清盛の真筆拝観帰途すがら秘色《ひそく》の色の雨に降
られる

配所より康頼流しし嘆願の卒塔婆一枚宮島岸辺に

免罪の成れる康頼寄進せし灯籠は立つ社のへりに

宮島は戦記に哀し陶軍の霊を慰め縦高く響る

大元の神社の大屋根板葺きに堂々祀る男三神

戦跡の大元川の川岸に浦島草は釣り糸垂らす

浜辺の歌

響灘黄砂にかすむ吉日を弥生シャーマン渡り
来しかや

海鵜抱き共に眠れるシャーマンは航海占う巫
女でありしや

土井ヶ浜の古墳に眠る三百体等しく眠る西方
を向き

矢の痕のあまた残るは村《むら》長《おさ》か武勇を讃え古墳
真中に

浜木綿の花は乱れる二位の浜は平家末期の悲
話を語れり

水烏賊《みずいか》を漁る灯りは点りゆき黄波戸《きわと》の沖の闇
をふかめる

かずら橋

ナラ山のフィトンチッドを浴びながら林道拓
く踏査はかどる

林道の踏査は終わり祖谷渓《いやだに》のかずら橋にて風
に揺られる

北帰の鶴

野鶴所《やかくしょ》に鶴を覗けばうからなる群れ啄ばめる
稲のひこばえ

舞い立てる鶴は雪呼ぶ風に向きやおら組みゆく鉾の順列

春分の間近き空に鉾を組み鶴は北帰の予習いそしむ

雪消える烏帽子ヶ岳の夕映えを鶴は舞い飛ぶ
離郷の翼に

虹架かる光ヶ丘のトンネルはそろりとぬける
低速にして

傷付きて北帰叶わぬ伴かばい居残る鶴を見舞う春風

樹液一滴

大いなるスカイツリーの幹闇を黙して昇る樹液一滴

スカイツリー搭乗の感想を問われて

「大銀杏」の章

大銀杏

紅満天星《べにどうだん》今が見頃か国境の峠を目指す心おどらせ

「秋里の香りですよ」と鄙に釣る松茸売りに
遂に釣られる

たちまちに焔は野を焼き末黒野へ土産に空よ
り燃え殻一片

多弁花の継ぎ接ぎ貼られる障子へとコスモス
投影秋は深まる

木枯に一夜に透かれ大銀杏根まわり落葉へ名
残り陽送る

ジュラ紀より永らう裔の大銀杏に実もて卒寿
の肩を叩かる

まるごとヨーロッパ

エレキ産む大きな羽根は回りいるポピー群れ
咲くマイン平野に

交易の動脈なりやライン河動画のごとく船は
行き交う

数々の戦禍を語りさ緑の山にハイデルベルク
城あり

あかときの城門登れば車牽く馬の蹄の音くぐり行く

憧れの新白鳥城を巡りゆき王座の広間の絵どりにおののく

菩提樹の黄色い落花を敷き詰めてウイーン街
路の目地を彩る

夜もなお青く流れるドナウ川バロック街並み
昏く映して

アルプスの裾の緑野へ牛を追う牛飼い少年長き鞭振り

沈みゆくパリの夕陽が暮れ残すノートルダムの高き尖塔

夢叶い先ずは大英博物館ロゼッタストーンを
確と手撫でる

茂吉翁のふるさと

澄む空の彼方の蔵王仰ぎみる望郷茂吉の心慕いて

幼かる茂吉学びし学校に机一列変わらぬ配置に

添い寝して遠田の蛙聞きし部屋一目見たしと生家を巡る

大人茂吉眠る墓石に問いかける歌聖人麻呂何
処に眠るや

秋晴れの光となりてアララギの赤実は点る金
瓶の里

配流の沢庵禅師の春雨庵門の大きな額にぬかずく

芭蕉翁の踏みたる石段登りゆき蟬声沁みいる大岩巡る

今日は！「ころり往生如来様」米寿の頃に世話になります

吉和の里

石板をキンキン叩き発掘の石器の館を友と訪ねる

置き去りの石斧鋭く立ち上がり吉和の垰《たお》の風
に尖れり

薩摩なる桜島噴火の降灰も厚く重ねる吉和の
断層

石器もて石像彫る夢まざまざと慈母観音を象りてゆく

大銀杏は下校の児等へ道草の黄葉を降らし仲良しにする

無人店に売れずに残る鷺草の苗を購い夢に加える

林床に小豆色なる落葉積み落葉松林は冬に備える

天然のコナラ純林葉を落とし水源林に木漏れ
日は透く

ウッドワン初公開の農婦像は母を偲ばせ目頭
うるむ

月の輪熊あまた眠らせ峰高し傾山は雪に傾く

内祝

内祝うから十人和み合うランドマークタワーの一室

吾がうから集う叙勲のお祝に「恩賜のどら焼」十等分する

内祝うからと和み喜寿となる節目を迎え併せ寿ぐ

氷らえてエメラルド婚初夏の旅に見上げるユングフラウを

雪解けの水を絹ひき下しつつ瀑布はしぶくラウターブルンネン

遥々と訪いたる旅へお恵みか雪雲は霽れ威容
アルプス

フュッセンの宿りの窓にアルプスの明けゆく
景を二人占めする

白濁のライン下りに馬車旅の白髭さんと互いに手を振る

モナリザと目線を合わせときめきの八歩を進み去りがたく居る

一枚の白妙纏いルーヴルのミロのヴィーナス
気高くも立つ

朝光《あさかげ》茶会

広家公贈りし桜は四百年いまも主木にそそと
枝垂れる

杉材の柾の直ぐなる木戸を押し朝の光を左右
に分ける

躙口くぐれば四畳の幽暗に備長のみが赤く点
れり

暁の陽は安閑亭に仄かなり半眼閉じて侘びを
もとめる

蔓茱萸の小さな絵軸へ会釈する露の野道で会
うが如くに

釜の湯は松ヶ枝すぐる風ほどに滾り茶室のしじま深まる

お家元の凜々しき点前の茶を服みしんみり悟る功の心

鶴の羽根を束ねし帚に浄められ朝光茶会お開きとなる

蹲に彫られ久しき御仏が慈悲の笑みもて露地に見送る

枝《えだ》下《した》高《こう》たかき赤松さやさやと風を降ろしてさ
よならを言う

吉川史料館

輪九曜の紋印さるる史料館を照葉樹林のパノラマ囲む

吉川の昌明庭にしばし立ち清かな霊気のパワーいただく

国宝の狐ヶ崎は為次の心技冴えたる刃文に鎮もる

広家公と軍師官兵衛とのゆるぎなき絆を証し
如水釜あり

信長公の遺品の差料正宗の振分髪の由来ゆか
しき

広嘉公と独立禅師の交友を証し保存の『西湖
遊覧志』

清正公の謝恩示さるる輪九曜の馬印あり褪せ
ぬ姿に

雪舟の描きし湖亭春望図松は隆々空へ聳える

三条西実隆他が就筆の『源氏物語』の妙なる

仮名文字

秀吉公授けし肩衝茶入は島物か豊かな肩は少し傾き

慶親公の謝恩を証す青磁壺千年変わらぬ碧天に清む

善本の『吾妻鏡』は安徳の幼帝の入水多くを
記さず

振られ上手な

宇野千代の生家を訪えば半眼の笑みに迎える

薬師仏頭

曲り土間の暗がり渉り庭に出で目眩むほどの
紅葉に会う

「いつだって今が最高」宇野千代の声は降る
なり凍てる空より

耐え忍び生きんと覚悟の「おはん」なりその
後の行方誰も知らざり

薄墨のさくら花散る木の下に振られ上手な字
野千代しのぶ

机上には４Ｂ鉛筆今もあり『おはん』続編書かるるを待ち

岩国八景

城山の暁闇くぐり頂に灘より昇る初日を拝む

錦帯橋真中の反りに見晴るかす四重六階白亜の天守

大楠の影に憩いて四つ手網ゆらゆらに揺らす風に吹かれる

震災の地より南帰の燕等は蓮田に憩い餌を漁れり

立冬の吉香公園に陽は陰り噴水のみを白く立たせる

さ緑のあけぼの杉の装いを映し明るむ美和の
弥生湖

竹とんぼ飛ばし幼と遊びたり夕陽に映えるふ
れあいパーク

うから等と紅葉を訪ね寂地峡の延齢水に喉を
潤す

宇気比《うけひ》（古事記）の歌

「われ勝ちぬ」『記』の言の葉の重たさを負いて闇濃き皐月過ごしぬ

勝ち名乗りによる専横を戒め、互譲の心を説く『記』の「宇気比」に拠る

跋文　真中の反りに見晴るかす

——原田俊一『あけぼの杉』に沿いながら——

三枝昂之

（一）

原田俊一さんは樹木のプロである。樹木医ではない。木材調達の達人なのだ。だからどの場所にはどの木材が最適か、その候補となる樹はどの山のものが最適か、そうした樹木の目利きなのである。

そのことを私が知ったのは平成十五年二月に宮崎市で行われた第七回若山牧水賞授賞式の後の懇談の場だった。私の歌集『農鳥』がこのとき受賞、原田さんも遠路参加して下さったのである。打ち解けた懇談の場で原田さんと当時の松形祐堯知事が親しく言葉を交わしているのが眼に入り、伺ってみると林野庁長官でもあった松形知事とは仕事上の交流があったとのこと。知事は短歌を愛し、就寝前には歌集を読むことが楽しみの一つと伺ったが、県の樹木保全にも力を入れ、宮崎市の海辺に広がるシーガイアの見事な松林には松食い虫の被害は一本もないと聞き、それも知事の細やかな指揮によるという。一方の原田さんは山陽パルプ、今の日本製紙の木材調達の達人だったから、牧水賞授賞式は旧交を温める場ともなったわけである。

（二）

山口県岩国市在住で木材調達の達人。そんな原田さんならではの特徴が今回の歌集には生きている。「錦帯橋の歌」はその一つである。

架け替えの錦帯橋材検査するヒノキ香滲む汗を拭きつつ
木曾谷の「寝覚ノ床」を夜半訪ね独り仰げり北斗七星

一連はこの二首から始まる。岩国の錦川に架かる錦帯橋は五連の木造反り橋、清流と呼応し合って、比類ない美しさである。しかし木造だから架け替えが必要になり、平成十三年から十六年にかけて行われた。五十年ぶりの大事業である。使用するのは全て国産材、そのための適材を全国調査、集められた材の適否を判断してゆくのである。岩国市の要請を受けて原田さんは材料の検品を担った。一首目はその検査現場、ヒノキと一つとなるまでに没頭するから、したたる汗もヒノキの香となる。二首目は最適な材を求めて木曾谷に赴いたときのことだろう。深夜ただ独り北斗七星を仰ぐ姿からは妥協することを知らない意志がにじみ出るようだ。

初春の空へ掛矢の音響き白木の虹橋仕組まれてゆく
橋の弧は四寸高めに仕組まれる経年沈下は勘に測られ

黙々と橋を組みゆく匠等がときおり交す目線の対話

目利きの検査を経て選び抜かれた木材が橋へと組み立てられて行く現場三首。「掛矢」は樫などで作った大型木槌。錦帯橋は釘を使わない組木の技術で組み立てられる。アーチ型の反りを仕組んでゆく木槌の音が広がる。その音は材の吟味を重ねてきた者の心に響く晴れやかさだろう。「初春の空へ」にはその心が含まれている。そして橋の反りを四寸高く仕組まれる。約12センチ。経年沈下を視野に入れて。興味深い現場である。しかもそれを決めるのは「勘」。材質を熟知していなければ不可能な技であり、判断だ。だから作業を担うのは匠でなければならない。適材を選ぶ匠がいて、目線で会話しながら組み立ててゆく匠がいる。錦帯橋は匠の技が結集した成果だということがわかる。

弧を描く木曾檜《ひ》の欄干手にさすり渡れば薫る遠き山の香
大棟木嵌め込む匠の槌音はカーンと響く天守の森へ

錦帯橋に使われる木材は原田さんによると、ヒノキ、ケヤキ、アカマツ、ヒバ、クリ、カシ。適材適所で使用されるが、ヒノキは橋板など37パーセント、アカマツは桁や梁など約38パーセント。一首目は完成した欄干を愛おしみながら、そのヒノキを育てた深山に心を寄せている。適材を求めて旅した者だけの感慨だろう。二首目、錦帯橋の橋桁は両側から組み上げてゆくがその接続作業現場、架橋のもっとも大事な工程という。「天守」は城山山頂に聳える岩国城の天守閣、この山城は錦川を天然の外堀としていたと言われる。川から遠望できるその岩国城を配したことによって晴れやかさが強調される。一連結びの歌として効果的な場面だ。

あの美しい五連橋は匠たちの精緻な技の成果だということを「錦帯橋の歌」はよく伝えている。原田さんはその当事者でありながらも、過度な思い入れを排して抑制的な表現に終始している。だから橋ができるまでの工程の技が、その魅力が、そのまま読者に伝わってくる。そこにこの一連の特色がある。

しかし原田さんは私に告げる。「日本の林相は大きく変貌しました。アカマツが消えたのです。今後、錦帯橋の使用材も大きく変わらざるを得ません」と。

（三）

原田さんがすぐれた連作の歌人だということを教える作品は他にもある。「平成二十四年一月宮中歌会始の儀を陪聴して」と詞書のある「あけぼの杉」一連である。

松の間へ回廊わたる絨毯の四十間をふかぶかと踏み

私も歌会始に関わっているからあの絨毯の深さはよくわかる。慣れないうちは踏むたびに身体が傾くと感じるほどである。しかし私は長いと感じるだけだが、原田さんは四十間と捉える。同じ場面でもそこに現場が現れ、説得力が生まれる。

松の間の床のケヤキは千年を素直に伸びし三尺の柾

正殿松の間の床は靴音がよく響く。高く乾いた音である。しかし原田さんの反応はそれではない。床材は千年のケヤキ、柾目三尺と見る。あの空間の厳粛さに特別の手触りを与える鑑識眼である。

日原の木場に認めしケヤキかも床の木目に生い立ち探る

ではそのケヤキはどこのケヤキか。木目から生い立ちを探る。私たち選者団とは全く異なるこの注視。木材調達の達人ならではの向き合い方だろう。

見えねどもきっと居るはず宮殿にわが故郷の霧島アカマツ

松の間にはない。しかし必ずこの宮殿を支えているはず。わが故郷のアカマツは。原田さんにとって宮殿は日本の林業の競い合いの場、優れた木材の宝庫と見えるのだろう。こういう観点から宮中歌会始と向かいあった短歌はおそらく初めてだろう。原田さんならではの貴重な成果として記憶しておきたい。

しかしながら、松の間のことだけでなく、肝心の歌会始についてはどうか。歌人原田俊一としてはそこもやはり問われる。

人を待つ心に季《とき》の定めなく「御歌」は祈りの岸へ誘う

平成二十四年のお題は「岸」、このとき、美智子皇后は次のように詠われた。

帰り来るを立ちて待てるに季《とき》のなく岸とふ文字を歳時記に見ず

松の間で行われる歌会始は伝統に則った独特の抑揚で作品が披講されるから、耳で聴いただけでは意味内容を十分に把握できないこともある。このとき私には「岸とふ文字を歳時記に見ず」という下の句が強く印象に残ったが、「ときのなく」の「とき」がどんな表記か、あの場では判断がつかなかった。「とき」は季節の季《とき》と終了後に配布される作品一覧で確認、その内容に率直に感動した。

大切な人の帰りを岸辺に立って待つのですが、悲しいことに、「岸」という言葉は歳時記にはないんですよ。

そう嘆く「歳時記に見ず」とはどういう心か。歳時記にあれば言葉は季節の移ろいと共に節目を迎える。しかし「岸」は歳時記にはない。だから春が過ぎても、秋になっても、待つ行為に節目は訪れない。つまり御歌は終わりのない悲しみに心を寄せている。

私はまず前の年の東日本大震災への鎮魂歌と読んだが、昭和の大戦の祈りをこめた「岸壁の母」にも思いが及び、歌は待つ行為が重ねた無窮の悲しみにも広がってゆく。悲しみはエンドレス。これは人々に共通の思いだが、その心を「歳時記に見ず」と詠ったところに卓抜した表現力を感じる。この年の歌会始の白眉だった。

原田さんはこの御歌を踏まえて「祈りの岸へ誘う」と受ける。淡々とした反応のように見えるが、過剰な意味づけなどで受けると御歌にこめられた祈りが損なわれる。抑制された表現だからあのときの感動が生きる。大切な自制である。なお天皇の歌は御製、皇族の歌は御歌と呼ばれる。

白洲なる広き園生を東西に統べて控える梅の二もと

梅ヶ枝の蕾はややも膨らみぬ正殿中庭寒の光に

歌会始が終わり、松の間から回廊に出たときの場面である。そのとき誰もが中庭の二本の梅に眼を遊ばせる。近くの紅梅と遠くの白梅。儀式の前には咲かなかった紅梅が一輪二輪咲く年もあり、原田さんの歌にあるように膨らむ蕾となる年もあり、「言祝ぎの紅梅」と私は心秘かに名付けている。

掲出二首は無駄のないスケッチだが、その簡素な描写から儀式の余韻に包まれた原田さんが浮かびあがる。そこに歌人原田俊一の力量がさりげなく示されている。

松の間の木材との対話、そして皇后の御歌との対話、中庭の梅との対話。歌会始陪聴の歌として大切にしたい一連である。

（四）

錦帯橋の歌と歌会始陪聴の歌、そこに原田さんならではの特色があるからだが、跋文としては少し拘りすぎたかもしれない。他の歌も少し楽しみたい。

河口にて潮と交わる錦川青く清らな瀬頭立てる

錦帯橋真中の反りに見晴るかす四重六階白亜の天守

善本の『吾妻鏡』は安徳の幼帝の入水多くを記さず

「いつだって今が最高」宇野千代の声は降るなり凍てる空より

薄墨のさくら花散る木の下に振られ上手な宇野千代しのぶ

机上には4B鉛筆今もあり『おはん』続編書かるるを待ち

一首目は岩国の山河を代表する錦川、「瀬頭立てる」がゆるやかな流れからの変化を生かしている。二首目は錦帯橋の反り越しに遠く望む岩国城天守閣、原田さんのお勧めスポットだろう。岩国に行く機会があればぜひ体験していただきたい。加えておけば、錦帯橋は渡るだけではもったいない。次の歌がそう教えている。

水ぎはに立ちてあふげばみつしりと耐ふるかたちの錦帯橋あり　今野寿美『鳥彦』

下から仰ぐとあの橋のアーチ型の反りがいかに精緻に、そして力強く組み立てられているかがわかる。この歌、原田さんお薦めの一首でもある。三首目は吉川史料館の貴重な資料。「善本」を受ける「多くを記さず」に『吾妻鏡』の記述の機微がうかがえる。四首目からは宇野千代生家を詠った一連から。「いつだって今が最高」、「振られ上手な」、そして机上の４Ｂ鉛筆。千代の横顔と素顔が見えてくる。千代は岩国高女の卒業、原田さんにとって千代への親愛感は地元の文化へのいつくしみでもある。「あとがき」にあるように原田さんは自分が根を下ろした岩国をさまざまな形で支えている。錦帯橋を世界文化遺産にする会の幹事長でもある。これらはそうした心がおのずからの形で歌になった作品たちである。

最後にＩとⅡからなる「ふるさとの歌」に触れておこう。

原田さんの生地は旧薩摩藩の宮崎県えびの市。心の山は霧島連山、とりわけ高千穂峰のようだ。

夏雲は広目天に踏ん張りて雄々しく迎える帰郷の吾を
紙魚《しみ》払い古き棚より繙くは『造林教科書』みどりの傍線
灰汁粽《あくまき》は若夏の味母の味えびの盆地の苗代の味
特攻兵「さらばの翼」を振りながら南へ去りし空を忘れず
ゆっくりと心濯げと高千穂の高嶺は降ろす皐月霧風

武装した怒りの広目天が連山に湧いて青空へ立ちあがる夏雲の勢いを生かしている。その雄々しさに鼓舞されたであろう原田少年の姿も見えてくる帰郷の歌である。

注目したいのは二首目の『造林教科書』、こころざしの発端が窺えて、傍線の「みどり」が印象に残る。粽の歌は三つの「味」が灰汁粽を特色づけるが、「若夏」にも注目した。この言葉、沖縄など南島には浸透しているが、えびのでも使われていることが分かって興味深い。

四首目の特攻兵の出陣基地としては鹿児島の知覧と鹿屋がよく知られている。基地を飛び立ち、開聞岳に翼を振って万感の思いを託すことが多かったようだ。中には霧島連山に別れを告げる翼もあったかもしれない。その「空を忘れず」。ここには戦時下の青春を過ごした原田さんの原点があると感じる。

その非戦の誓いが造林に関わる国土復活へ、そして錦帯橋架け替えなどの文化の継承へ。『あけぼの杉』にはこのような道を選んだ昭和一桁の男の人生ドラマが刻み込まれている。人間の体温にもっとも近い短歌という詩型ならではの読み応えがそこにはある。手に取り、そのことを確かめていただきたい。

令和三年八月一日

あとがき

自己紹介を兼ねた「序にかえて」に述べた如く、小学生を戦時下で過ごし、碌に授業は受けられず又自らもせずに過ごしました。その結果は劣等生でした。その劣等感を抱きながら、なんとか大学を卒業し、社会人となりました。就職先は、山陽パルプ株式会社（現・日本製紙株式会社）です。紙の原料である木材の調達部門に従事しました。このことが、生涯を大きく左右することになりました。

職場では、おおらかで良き上司と同僚に恵まれました。業務の実態は円高や、南半球のオーストラリア・ブラジル・チリー等でのユーカリ材の大規模植林による割安な原料へのシフトが実行され、国内材集荷組織は廃止される大変革を経験しました。それは、余りにも生々しく歌に詠めませんでした。

因みに、現在わが国の製紙原料は外国材が約八十％を占め、新聞紙を除く洋紙の殆どが南十字星の下で育つユーカリ植林材です。私の歌集『あけぼの杉』の本文用紙は、勤務していた現日本製紙株式会社岩国工場で抄造された百％ユーカリ材の洋紙です。私達は、コピー用紙を始め印刷用紙など、日々ユーカリ材の紙を用いて過ごしています。

南十字育むユーカリもて抄ける紙につらつら日記を綴る

顧みるに、社会人として働く年代を終えた私は、望まれるままに、山口県教育委員・裁判所調停委員・公益財団法人吉川報效会理事・NPO法人宇野千代生家など奉仕的分野を含む広い領域で活動をしました。

他方、日本史と日本語に乏しいままではいけないと思っていたところに、短歌会入会の勧誘を受けました。短歌の詠作は、日本の歴史と日本語を学ぶ上で関連があり、心を豊かにする望ましい分野であると思い、取り組むことにしました。

りとむ短歌会入会は、平成五年です。詠作を始めた年齢が六十歳ですから感受性は衰えており良い歌は詠めず、歌集上梓はとても及びのつかないものと考えていました。

しかし卒寿を迎える終活生は、家族の勧めもあり歌集上梓を思い立つことにしました。

題名は『あけぼの杉』です。それは、通常メタセコイアと呼称され、わが国にも生えていた化石木です。日本には、昭和二十四年アメリカから第一号が昭和天皇へ献納され、その成長と日本の復興をかさね追憶された御製（昭和六十二年歌会始お題「木」）、

わが国のたちなほり来し年年にあけぼのすぎの木はのびにけり

があり、円錐状に枝を張り垂直に天に向き伸びる姿は雄々しく、新緑は瑞々しい緑陰を、秋は黄葉し季を彩り、冬は落葉して粛然としたたずまいに立ちます。

貧弱な歌集の内容とは、いささか相応しませんが、その生命力と雄々しさに魅力を覚え、歌集の主要な「歌会始・陪聴二十首詠」の題としており、歌集名に採用しました。

三枝昻之先生・今野寿美先生には、「りとむ短歌会」に入会以来長きに亘り、ご指導を賜りました。そしてこの度、歌集『あけぼの杉』の上梓にあたり、

色々とご指導賜り、昂之先生には、跋文を書いて頂きありがとうございました。そして常に劣等感を抱きながら生きて来た者の歌を評価して下され、少し解放された気分です。感謝致します。

また二十八年の長い間、歌友としてお付き合い下された「りとむ短歌会」、「蜀紅短歌会」の皆様に紙上ながら篤くお礼を申し上げます。

末尾ながら、短歌研究社の國兼秀二様、担当の菊池洋美様には行き届いた教示を賜り、真直ぐな『あけぼの杉』が立ち上がりました。そして、その枝振りを豊かに仕上げて下され、ありがとうございました。

令和三年重陽

原田俊一

著者略歴

昭和７年11月13日生まれ
昭和31年　鹿児島大学林学科 卒業
　同　年　山陽パルプ株式会社 入社
平成元年　山陽国策パルプ株式会社 退職
平成５年　蜀紅短歌会 創立
　同　年　りとむ短歌会 入会
平成11年　文部大臣表彰
平成15年　叙勲 旭日雙光章
平成18年　第21回国民文化祭短歌部門 選者

歴任

山口県教育委員（平成４年３月～12年３月）
岩国家庭裁判所調停委員（平成４年３月～14年３月）
〔公財〕吉川報效会常任理事
（平成17年６月～29年６月）
NPO法人宇野千代生家理事長（平成17年５月～　）

検印

省略

りとむコレクション122

令和三年十月一日　印刷発行

歌集　あけぼの杉《すぎ》

定価　本体二〇〇〇円
（税別）

著者　原《はら》田《だ》俊《しゅん》一《いち》

郵便番号七四〇―〇〇二一
山口県岩国市室の木町四―七一―八

発行者　國兼秀二

発行所　短歌研究社

郵便番号一一二―〇〇一三
東京都文京区音羽一―一七―一四　音羽YKビル
電話〇三（三九四四）四八二二・四八三三
振替〇〇一九〇―九―二四三七五番

印刷者　豊国印刷
製本者　牧製本

落丁本・乱丁本はお取替えいたします。本書のコピー、スキャン、デジタル化等の無断複製は著作権法上での例外を除き禁じられています。本書を代行業者等の第三者に依頼してスキャンやデジタル化することはたとえ個人や家庭内の利用でも著作権法違反です。

ISBN 978-4-86272-685-8 C0092 ¥2000E

© Syunichi Harada 2021, Printed in Japan